U0040208

# 烏龍院活寶

Q版 四格漫畫

第2卷

作者——敖幼祥

# 烏龍院活寶人物介紹

## 長眉大師父

烏龍院大師父，面惡心善，不但武功蓋世，內力深厚，而且還直覺奇準喔！

## 大頭胖師父

菩薩臉孔的大頭胖師父，笑口常開，足智多謀。

## 大師兄阿亮

原先是烏龍院唯一的徒弟，在小師弟被收養後，升格為大師兄。有一身好體力，平常愚魯，但緊急時刻特別靈光。

## 烏龍小師弟

長相可愛、鬼靈精怪的小師弟，遇事都能冷靜對應，很受女孩子喜愛。

## 鐵盲公

鐵堡頂尖鑄作，製造了對抗二齒魔的鐵金剛，被二齒魔弄瞎雙眼，修練出用聽覺、嗅覺就能分辨出鋼材的絕活，後來被活寶治癒。

## 鐵蓮堡主

美麗而個性堅毅，很欣賞烏龍大師兄，帶領鐵堡征討宿敵——二齒魔。

## 鐵柱

鐵堡第一勇士，鐵堡警衛團隊長，忠心耿耿，單方愛慕鐵蓮堡主。

## 鐵金剛

鐵堡的祕密武器，經鐵堡工匠修復，脫胎換骨。

## 二齒魔

千年不死的兔妖，復原能力超強，是鐵堡的心腹大患。

## 鐵釘

鐵堡勇士，對被活寶附身的艾飛一見鍾情，跟小師弟既是情敵又是好夥伴。

目錄

# 第9話
# 血戰二齒魔

烏龍院
活寶

鐵柱，過來我這坐了啦！
炸兔球
三个一元

鐵柱過來玩呀！
飯
鐵柱兄弟過來吃東西嘛！

哇！原來你這麼受歡迎喲！
那當然！

因為他被抽中當敢死隊長了！
必勝
有去無回
最後晚餐吃飽了上路！

小哥，你這髮型
可真拉風呀！

啊…
竟然下雨了！！

快把頭擦乾，
免得感冒了……

我得塗點機油，
免得生鏽。
夠了吧！你！
特级机油

烏龍院
活寶

哇噢！
鐵堡從沒出現過的美少女！
是我嗎？

妳簡直就像從陽光裡飛出來的天使！

快點跟我走。
突然被寵愛的感覺！
一秒鐘也少不了妳。

近來經常停電，妳的光正管用……

我雖雙目失明，
卻能感受到四面
八方的氣息。
好玄！

老先生果然
聽力驚人！
小妹身上帶了
許多鑰匙！
釘

不瞞你說，這可
是價值連城的
金鑰匙呢！！

老不修、老變態、
色狼歐吉桑！
原來是鼻子的
「聞」……
噢！少女的
體香……

烏龍院
活寶

鐵盲公聽力
超厲害的！
既然是傳家寶，
為何不由大兄長
帶著？

因為他記性差，
常常丟東西！

胡說！
你別漏我氣！

那要送鐵盲公的
禮物盒呢？
啊——
忘記了……

你會武功吧？!
那當然！
釘

會武功
為何任人
魚肉？!
PUNCH

你也不用
這樣打我吧？!
……
釘

猜得沒錯應該是隻
吸飽了的蚊子。
強！！

烏龍院
活寶

二齒魔來襲的話，
你要如何做？

當然是勇敢向前衝，
攻擊牠的弱點！

二齒魔
休得猖狂！！！
PALA PALA PALA

你再敢走近一
步，我就把它
幹掉！

二齒魔來襲，
你又會怎麼做?!
哦！問倒師
弟了……

硬拚是下策，
必須智取。
小師弟
帥呀！
PA
PA
PA

這次又是什麼
絕世妙計呢……
二齒魔！
不要再前進啦！

願意維持和平的
兔子，贈送名牌
美齒牙膏一條。

烏龍院
活寶

那麼小妹呢？二齒魔
來襲妳又會怎麼做？!
終於輪到
艾飛了……

我當然是
出門迎戰啦！
果然很
陽光。

還一路跑
一路開花……
真有夠陽
光的……
天空也變
成白天了……
真神奇……

我把鐵盲公
交給你們！條件
是停戰七天！
WAA

為什麼鐵金剛完工
進度要延緩到暑假？

我說過要盡快完成，
大家就可以放假了！

其實我們已經通宵
達旦的完成了！
那麼還有什麼理由
要延緩進度呢？

因為擔心
鐵金剛跟二齒魔
郊遊去了…
……

烏龍院
活寶

為了成功襲擊二齒魔，要為鐵金剛塗上隱形漆！
铁

超級隱形漆已完成塗裝。
請堡主驗收！
遙控器給我！
铁金钢

BLUE TEETH
鐵金剛出擊!!

太隱形了嘛！看不到鐵金剛……
GO ON

鐵金剛改裝完成了！
已經換上新發動機！
太好了！

鐵金剛出擊！！！

咦？鐵金剛為何和敵軍交頭接耳？
軋滋
軋滋
軋滋
糟！

因為我換裝的是「忠兔牌」發動機！
老糊塗！

烏龍院
活寶

必須更換強力鍋爐，
才能承受重裝甲！
但是萬一二齒
魔此時突襲鐵
堡怎麼辦？

或許我們嘗試把
裝甲卸掉，減輕
重量！
鐵柱的建議
不錯呀！

不行！
這絕對行不通！
又沒試過
你怎麼知
道？

討厭啦！人家
沒有穿內衣！
明白了……

好強的震波！
難道是鐵堡被
突擊？
轟！
轟！
钉

是從礦區傳來
的巨響！！
堡主
身先士卒！

烏龍院弟子
不能袖手旁觀！
見義勇為！
拔刀相助！

我最喜歡的
波叔爆米花！
波記爆米花

烏龍院
活寶

二齒魔
來襲了！！
钉

我來
保護妳！
钉

我也要
保護妳！！

非礼呀!!
Po!
PO!

NAGA
GA

笨呆兔們萬萬沒想到
自己在跟假人打吧！

報告機械兔
正占上風！
很好！

弓箭隊準備射箭！

CHUB
CHUB
CHUB
CHUB

就讓今天成為兔子絕種紀念日吧！
讓我在你們每隻的身上留下血紅的星光吧！

……
草兔借箭！

哇！

你是多久沒刷牙？
醜兔牙
蛀得差不多了！

指甲也不剪！
留這麼長
想怎樣？
哎呀！
髒死了！
嗚——
耳朵都是老垢！
要給臭蟲當
公寓嗎？

娶這樣的女人
當老婆就麻煩了！

烏龍院
活寶

大師兄帥呀！一下子
幹掉了五隻兔子！

堡主！
我幹掉了十隻
兔子！
真的？

這些兔崽子，
我一腳就能
踢飛二十隻
好不好！！！

成群的迅猛兔
狂撲而至。
我該如何沉著
應對？
絕對
不能慌張！

對！試一下裝成兔子
喜歡的東西。
?

我看還是
行不通……

烏龍院
活寶

TAZZ

大師兄好帥！
你是地球上最強的
雄性動物！

復……
復活了……?!
呼！

兩隻母兔在
「爭雄」！

PATA
PATA
PATA
PATA
PATA
PATA

乘勝追擊，
別讓這些兔崽子逃了！

做體操呀？!
月圓之夜做體操，
兔子寶寶身體好！
1234、2234……
BI
BI
BI
BI
BI
BI

烏龍院
活寶

二齒魔
攻過來了！！

還沒踩就全滅了？
難道是傳說中的
滅影腳 ?!
TA!

H.K
報告隊長！
牠有巨型
香港腳！

第10話
鉄
鐵金剛進擊

烏龍院
活寶

二齒魔比傳說
中更可怕！

你們先撤！
我來斷後！！
隊長……
隊長……
隊長……

撤！這是軍令！！！

就像知道
我踩著似的！
氣死人了！
這群可惡
的傢伙！
100元

二齒魔！
有種給我
站出來！！！

吼

WHAT?!
有種
過來呀！

NO
NO
NO
勇敢點嘛！
現在都是
一胎化了。
結紮劑

烏龍院
活寶

兔子突然
撤了 !!!

大家乘勝追擊！
不要放過牠們！

上鉤了吧！
嘿嘿嘿！
AAAA
AAAA

鐵柱羅漢
擊殺劍！

慘叫吧！
神仙也救不了
你了 !!!

EEEK!
討厭！
弄壞了
人家的
假髮！

烏龍院
活寶

這是鐵柱操作
鐵金剛的說明！
好的！

先抓住敵人
的手！
然後是腰！

拿錯交際舞
指南了……

賤兔！
你的末日
到了！
鉄
吼

要決鬥了！
快穿雨衣！
雨衣？
指揮臺裡
面為什麼
要穿雨衣！

長毛的
醜八怪！
廢人渣！
破銅爛鐵！
超級
大賤兔！
沒大腦！
不會便便
的玩具！
大耳朵
傻瓜！
你會吃
機油嘛！
有種就比
吃草！

決鬥之前先要
口水戰叫陣！
雨衣！
快穿上
雨衣！

烏龍院
活寶

金鑰匙發出奇怪的
嗚叫聲！
GEN
GEN
GEN
GEN
GEN
?

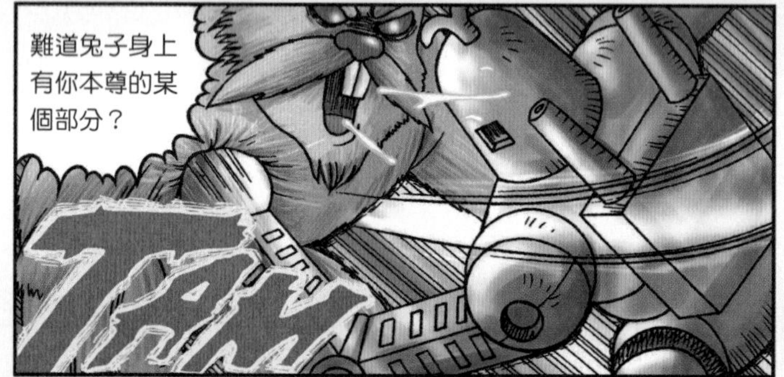
難道兔子身上
有你本尊的某
個部分？
TAM

咦？妳要去
哪裡呀？
是金鑰匙拉著
我不知道要去
哪裡……
GEN
GEN

快點！快點！
金價又漲了！
GEN
GEN
GEN
当日金价
900/克

老妖兔！
吃我一記烏龍
旋風擊吧！

旋轉
過猛啦！
哦～！

大家都「暈
機」了……

烏龍院
活寶

GON

WAO
WAO
WAO
JUMP

HAHAHAHAHAHA
哈哈哈！
用肉打鐵，
低能兔！

BOOWA!

烏龍錐心拳！

PAM

打中心臟位置
也不奏效！

歪打正著！
剛才那一拳打
中了他的心！
啾——
啵——

烏龍院
活寶

鍋爐壞了！現在變成
呆瓜鐵皮人了！
噗咻~~~

牠要攻擊我們了……！

哇！
牠要吃掉我們了！！

……
250/斤
最多兩百一斤，
不賣拉倒！

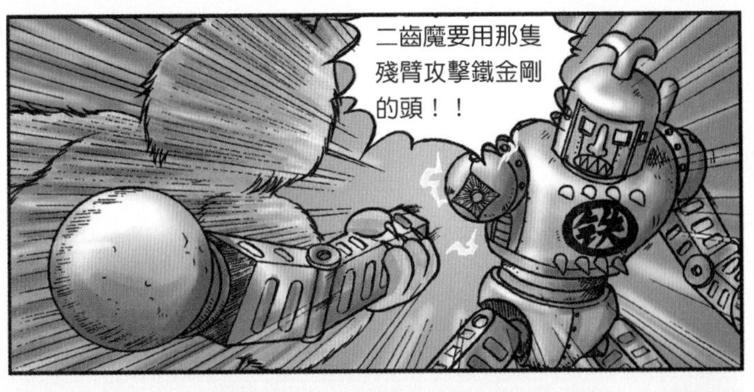
二齒魔要用那隻
殘臂攻擊鐵金剛
的頭！！

逃不了了！
死定了！

Oh! Baby
I LOVE U
BABY BABY
You are my
Sunshine

牠竟然是個超級
「麥霸」！
魔音
傳腦！

烏龍院
活寶

手臂要被二齒魔
扭斷啦！

牠要用來
攻擊我
鐵金剛嗎？

跑了……??
?
?
?
?
?

變態啊你！
撓撓。

堡主！
堡主！
Hit

哇！撞得
五官亂跑了！
鐵……
柱……

還好……我們的臉都沒
啥大礙……
哇！沒臉
見人了！

可是…你們的
身體……
釘

烏龍院
活寶

堡主?!
哐!

還有人活著嗎?
堡主!!

哪來的小禿驢
撞到人啦!

鐵釘的
頭髮……
他是恐怖
份子……
哇!真是
悽慘!

鐵金剛變成車子，
太棒了！
Bye Bye ！
BOW

哎呀！
拋錨啦！
糟了，車子
沒油了。

太好了！
前方有加油站！
那快點
推過去。
加油站
加油站
加油站

先生，
想加多少？
慘！難逃兔掌！

烏龍院
活寶

我的「二齒
鎖喉功」能瞬間
致敵於死！
WA
WA

有敵人向
你挑戰！
老大！
咳！
咳！

老大，就
是他……
讓它見識
「鎖喉功」
的厲害！

鎖不住了
吧！老大！
我鎖……
我鎖……
鉄

這雙眼被你廢了
二十年，今日誓報
此仇!!!

你敢不敢與我
一決高下?!

?
?
?
?
快說！你到底
敢不敢？別跟
我裝傻！快說！！

不用喊了！你忘記
四十年前是你把牠
的耳朵廢了嗎？
嘻

烏龍院
活寶

咱們四十年的恩怨，今天就痛快了結吧！

嘰！
咔咔！
咔咔！
叩！

今天我要以眼還眼！！

為啥不把這裝置裝到鐵金剛上……
光子力射線！！
……
KON
KON
KON

我要以眼還眼，
報當年之仇！

插瞎你的兔眼！

哇

討厭！
亂插人家
鼻孔。
不好意思！
我是盲公，
瞄不太準。

二齒魔
衝過來啦！
吼！
艾飛！
快閃開！

奇蹟呀！二齒魔
被妳嚇跑了！
好厲害！！
剛才用的是
什麼神物？

超市蔬菜，
限時大搶購！
最后一天！！
胡萝菠
十斤一元！

鐵盲公用鐵臂攻擊
二齒魔！

鐵盲公……
鐵盲公的手……

那只……是假手，
應該問題不大！

可他斷的是
另外一隻手！

烏龍院
活寶

醫護人員！
快來搶救！

醫生們都做
兼職去了！

亂講！做什麼兼職去了?!

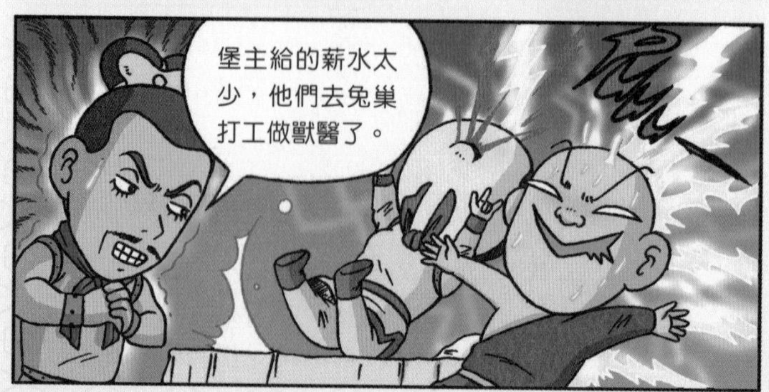
堡主給的薪水太
少，他們去兔巢
打工做獸醫了。

第11話
盲公生死線

二齒魔入侵！鐵堡傷亡慘重！
死亡二十一人！重傷五十七人！
伤亡报告

太悲慘了！身為堡主！我要……
不!!

堡主要壯烈成仁，鐵柱願共赴黃泉！

我，鐵蓮，
對天發誓，必報此仇！
哎！
來不及了……

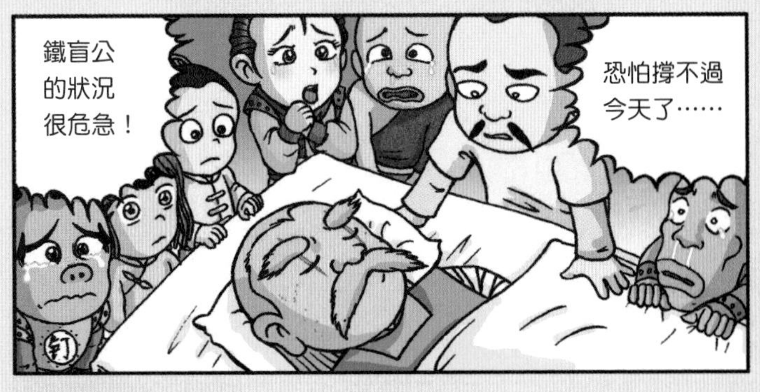
鐵盲公
的狀況
很危急！
恐怕撐不過
今天了……
釘

鐵盲公！
可憐的
盲公！

你千萬
不能死！
快醒醒呀！
鐵柱
別激動！

你氣絕前先
告訴我銀行
卡密碼，反
正死後錢也
帶不走！
殺！殺！殺！

烏龍院
活寶

鐵堡戰死的勇士，英靈都在這裡……

我看到兩個人！

哇──！鬼魂出現啦！
釘

怎麼了？
保護鐵堡
人人有責

連一隻兔子也
殺不死……
我真是
沒用……
鐵釘千萬別
想不開呀！

JUMP
不如死掉算了，
免得丟臉！

PENLENPONLON
哎喲喂！

嗚……殺死了一
隻偵查兔，這下
不用自殺了！

烏龍院
活寶

他在
幹嘛？
鐵釘！
哎——
鐵堡沒有
希望了！
嗚！
嗚！

呀?!
不好！
難道那小
子想尋短
見?!

NO！
嗯！
啪!!

幹嘛這麼
激動？我只
是想坐在這
靜一靜。
哎呀！

隊長，鐵盲公
是不是出事了？
天佑铁堡
唉！

鐵盲公的左臂被
二齒魔撕斷啦！
不！我不
相信這是
真的！

你太有人情味
了！請你不要
太傷心啦！
不！
不！
不！

我把名表借給
了鐵盲公戴，
現在肯定是有
去無回了。
AAAAAA

烏龍院
活寶

求求你救救
鐵盲公！
拜託啦！
好。
以活寶的
原力讓他
復生。

喝！！！！
EEEK
WAAA

咦？他們
兩個呢？
呀！我又
活過來了?!

救活了我一
個，嚇死了
兩個。
真是膽小鬼！

為了打敗
二齒魔，
我決定獻
血鑄劍！

獻血鑄劍是
要付出生命
代價的。
我主意已定！
請三思呀，
堡主！

我需要一個
人與我配合
獻血鑄劍。
鐵柱，
你願意嗎？
願意呀！
一百個
願意！
難得堡主這
麼重視我！

我來主持鑄劍
儀式，你來負
責獻血！
堡主太重視
我了吧！

烏龍院
活寶

獻血鑄劍！
天佑鐵堡，
消滅二齒魔！

獻血之前，
堡主可有
什麼要求？

醫護員！
拿麻藥來！
OK。
我……
我要求打
麻醉針。

堡主！請任
選一條吧！
還……還是
算了吧!!!

堡主捨身
鑄劍，太
勇敢了。
再見了，
各位
勇士們。

!!
?
?
?
?

堡主……
在幹什麼？

SWAMP
有蟑螂呀!!!

烏龍院
活寶

堡主要
獻血啦！

鐵蓮堡主！
鐵蓮堡主！

你不能
死！
太遲了！

堡主，手臂
抽血馬上要
開始，準備
好了嗎？
嗯。

我雙眼看得見啦！！
太好了！

鐵蓮堡主！
我要見鐵蓮堡主！！

我就是鐵蓮……

我是鐵蓮的妹妹，鐵珠珠。
呀！
又失明了！

烏龍院
活寶

堡主……
妳……
後面有鬼！
？

鬼
WAAA!!!
WAAA

我復活了，而且
眼睛也能看到啦！
喂！我是
鐵盲公呀！
WWAA
WWAA

奇怪？大家這麼
怕我做什麼？

不瞞堡主，自從我眼睛復明之後，大家都不找我玩了。
哦！
真有此事？

我以前瞎的時候，弟兄們天天找我搞活動。
但是現在見到我的時候，避之唯恐不及。

他們太過分了！
你們平時常在一起都搞什麼活動？

打撲克牌。
趁你瞎的時候才詐你吧！

烏龍院
活寶

只要有這把鑰匙就能開啟血劍封印啦！

你是怎麼知道的？
呃……是昨晚天使託夢給我的。

我是鐵堡第一勇士！為何天使不託夢給我呢？

因為你昨晚一直在作著夢，所以天使根本進不去嘛！
喔……昨晚？

鐵釘，這把鑰匙能打開血劍封印，鑄劍重任交給你啦！
我一定完成任務！

奇怪！
怎麼放不進去呢？

堡主！
鑰匙插不進去呀！

哎呀！
拿錯啦！
剛才那個是我男友房間的。
SHIT

烏龍院
活寶

我是鐵堡第一勇士，血劍封印應該由我打開！

祖上顯靈！給我鐵柱一些啟示吧！

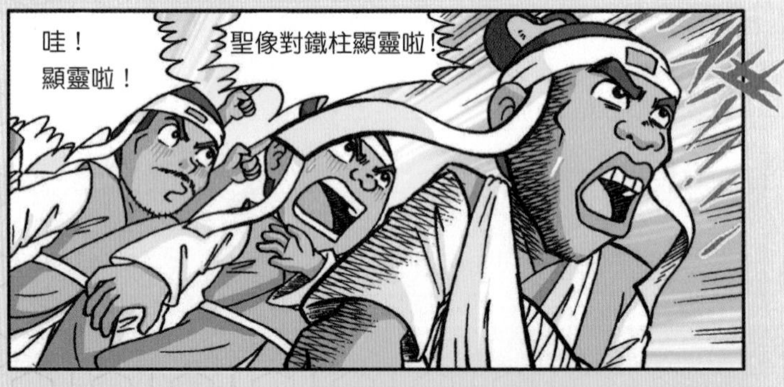
聖像對鐵柱顯靈啦！
哇！顯靈啦！

你這種啟示讓我下不了臺嘛！

祖靈血劍已經鑄成，哪位勇士自願帶劍去斬除二齒魔？
我！
我！

用抽籤決定！

咦？不是我？
沒我份⋯
他們都不是，那剩下的這個是……

是哪個渾球做的籤？!

烏龍院
活寶

我們準備去
殺二齒魔！
祖靈血劍
鑄好啦！
太好了！

不過，
要殺二齒魔，
一定要攻擊牠
的心臟才行！

有道理！
你怎麼想
到的？

……
撿到了牠的
病歷本。
原來牠有
心臟病！
PA
病历

這次是上天賜給鐵堡的機會！一定要勇敢出擊！
是！

但是二齒魔神出鬼沒，如何能尋找兔蹤呢？

鐵盲公大可放心，堡內有識途老馬，騎牠們去找！

堡主呀！老馬聽到消息，立刻中風啦！

這次要派兩個人去
兔子窩做間諜，你們
四個抽籤決定吧！
籤

Yeah ！
我們抽到了！
且慢！你們兩個
頭太大，進不了
兔子通道。
Jump
Jump

死老頭！既然如此，
你直接叫他們兩個
去不就行了！
……
？
？

不行，為了公平，必須
抽到他們兩個為止！
籤

此次前往兔巢的臥底，絕不能有任何破綻！
是！
我們會小心！

你們的一舉一動都要和兔子一樣！
否則就會暴露身分而被殺害！

要怎麼裝呢？
我們又不曾當過兔子。

為了徹底改變你們，
行動前一個月內只准吃胡蘿蔔。

# 第12話 劏免地道戰

烏龍院
活寶

你們即將前往兔巢臥底，令我擔心。

但是不用怕！
我發明「兔子追蹤器」，可以幫助你們。

只要拿出「追蹤器」，四周的兔子就全立刻曝光！
哇——快給我們看看吧！

這個……
發神經！你自己去臥底吧！

你們潛伏兔巢去做臥底，一定要提高警覺！
是！
是！

穿上我設計的兔子裝，開始行動！
!?
!?

鐵堡主的服裝有……有點問題！

烏龍院
活寶

嘿……
兔子一定
想不到我
們當間諜
混進去。
嘿
嘿

哇——
!
哇呀！

呼——
差點被你
們嚇死！
兄弟，不化妝
進兔巢，你們
很勇敢呀！

我們是去鐵堡
當間諜的！

地道裡面原始又黑暗，你們先蒙上眼睛。

為什麼要蒙住眼睛呢？
這樣進地道後，立刻就能適應黑暗環境。

現在取下眼罩吧，不然看不見，會迷路的。
嗯！

哇！
鐵盲公的情報是五十年前的吧？

烏龍院
活寶

?
……
……
……
……
……

為公平起見，特等獎我們抽籤決定！
裝鎮定！

嘿嘿——我們也來試試手氣吧！

啪
PA
恭喜這兩位！你們抽到此次前往人類那邊做臥底！
PA
PA
PA

堡主！我抓獲一隻敵人的偵查兔！

做得好！
你嚴加審問，逼牠供出二齒魔的巢穴。
遵命！

哼哼，今天算你倒楣，讓你嘗嘗什麼叫酷刑。
怕！

快點告訴我！！答案是多少！！
15794+7+2÷1+134927=?
不会答打一棍!

烏龍院
活寶

我要把兔窩的地道圖傳回鐵堡！

被發現啦！

完了！完了！
肯定要被斃了！
⋯⋯⋯⋯
⋯⋯⋯⋯

幸虧你畫得太爛！逃過一劫！

蒐集情報終於完成，我們可以回去啦！
好哇！

回去好好洗個熱水澡。
終於可以脫離苦海。

呼吸到自由的空氣！
藍天白雲！

喂！你們倆還待在那看什麼？快把這堆搬回洞裡！

烏龍院
活寶

終於完成任務
逃出來啦！
P
O
!!

快拿信號
彈出來通
知大家。
Ok！

慘了！我忘了
帶打火機了！
啥？

真老土，哪有人
還用打火機的呀？
手……
手機？

堡主，鐵釘
和小師弟從
兔巢返回了！
太好了！快帶
我去見他們。

這次他倆去
兔巢臥底，
很辛苦吧！
的確。
一天二十四
小時和兔子
混在一起。

所以這次回來
真是改變不少呀！
SLAM
有什麼不
同嗎？

他們現在睡覺
老找地洞鑽！

烏龍院
活寶

快點燃信號彈，
叫大伙過來偷襲
兔子！
OK！
OK！

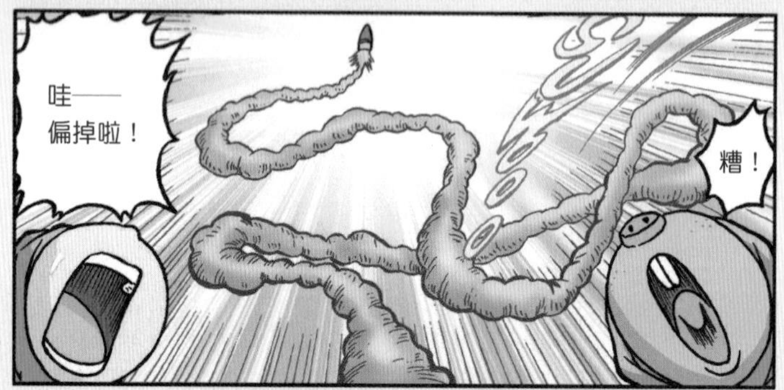
哇——
偏掉啦！
糟！

SOVOOOo...

哇！誰把
江南大盜
給轟趴啦！

站住！

怎麼辦？
要被抓了……
看來我得使出美兔計才行了！

Baby♡

哇呀──騙過一隻公兔，得罪了一群母兔！

烏龍院
活寶

向前走五步後，
看誰的石頭快！

一
二
三
ZN

嘿……笨兔你死
定了，誰要跟你
用石頭呀！
我真是
天才！
四

五！
ZN！ZN！
ZN！ZN！
ZN！ZN

衝呀!!
殺呀!!

快逃！
救命啊！
哇——！

堡主神勇！
堡主無敵！
堡主厲害！
就憑氣勢已
經把惡兔嚇
跑了！

連惡兔都
被嚇逃了!
今天早上
堡主起床
匆忙，
忘了化妝！

烏龍院
活寶

賤兔子！
今天就是你
的死期!!

快點
投降！
否則我一出馬
你就死定了！
哼！

我再給你
一次機會！
別逼我親自
出馬！
哼！

上馬！
將軍！
你死
棋了！
什……
什麼?!

啊噠！
哇啊……
我的腿……

不好！
兩條腿
都斷了！
痛死我啦!!

完蛋了……
這次難逃死劫！

街口那家輪
椅店是我開
的，新顧客
打五折。
去！
去！
嘻……
五折
輪椅

烏龍院
活寶

挖
挖

兔子開始挖洞了！
天吶！他們要地下發動突襲！

要趕快通知堡主！！

恭喜兩位！今年的二齒盃挖洞大賽，勝利者就是你們！
二齿杯挖洞大赛
加油

呀?!
不好！

大家小心！迅猛兔要從地下發動突襲！

好詭異的戰術！

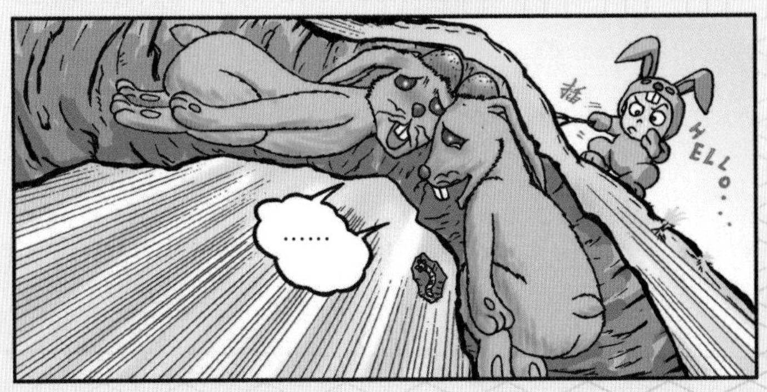
……
HELLO...

烏龍院
活寶

弟兄們，
堅守陣地！
鐵柱來解救
你們啦 !!!
PA
PA
PA

嗚！
啪！

嘿……安全
無傷著陸！
啦！

你還是先救救
你自己吧！
呆瓜！

發現兩隻兔子！
我們是自己人呀！
別想逃！

會說話的兔子？
哇呀！
不能放過！我殺！

你們瘋啦！怎可以亂殺？!
還是鐵柱隊長明白事理。
好 man 喔——

嗯？! 最不明白事理的人是你吧！
殺了會說話的兔子，就不能拿去展覽賺錢啦！！蠢材！

烏龍院
活寶

哇呀——
快救救我！
EA——！

HELP！
我來也!!

呵呵……
英雄救美。

傻子！你連堡
主也捅了！
?
救……救我…
叫救護車！

什麼？
太囂張了！
呆子！有
本事來抓
我呀！

哎——！
你從哪踢呀？
我在這♥
我要殺一
儆百!!!
縮

Yeah—
Hi
Baby
喂喂

呼
呼
呼
迅猛兔果然
速度驚人！

烏龍院
活寶

哈！
耶！
哼！

躲避暗器
是我的強項！
別的
不說……

我們的目標
又不是你。
白癡！

第13話
決勝祖靈劍
鉄
DON

經過我徹底的研究！
HA HA HA HA HA
終於找到對付兔子的戰術啦！

大師兄研究出什麼超級戰術？

我們把自己塗成灰色。
油漆

因為兔子最怕大灰狼！
PEO！
PEO！

堡主快把祖靈
血劍扔給我！
我來救你！

喝！

AAAA...

爛人！
我和你
有仇嗎？

烏龍院
活寶

鐵柱救我！
堡主！

鐵柱在此！

堡主，我帶你離開這裡！
終於能摸到堡主的玉手了……
期待了二十五年……

你拉誰的手啊！笨蛋！

救命呀──！
堡主！

堡主別慌！
我一定把你救出來！

哼！

誰來救我
心愛的馬？!
唏！
唏！

我來！
我來！

讓開！

喔！太感
動人了！
公主！
白馬
王子！

哇呀——！
誰來救救
我呀?!
舔。

RUN
堡主！
我來救妳!!!

堡主——！
我來救妳!!
RUN

如果我是妳，
我會幹掉那
兩個賤人。
來人吶！快來幫
忙救堡主呀！
RUN
RUN

烏龍院
活寶

一世英明
卻這樣
死去……
真不甘心。
我快
不行
了。

咦?!
100元
一百元?!

衝呀!
我的錢!
錢!
100元
DADA
DA

DADA
DA
DA
DA
DA
100

我們其中之一要
去引開二齒魔注
意，再救堡主！
嗯！
嗯！

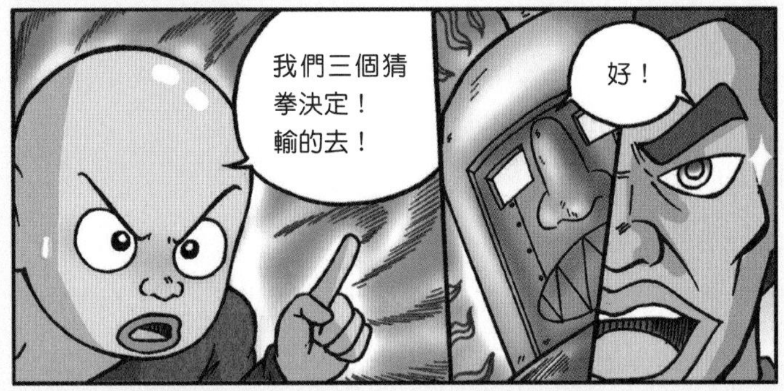
我們三個猜
拳決定！
輸的去！
好！

布
剪刀
石頭

這……??
嘻
嘻

烏龍院
活寶

鐵金剛
救我!!

電線
太短啦！

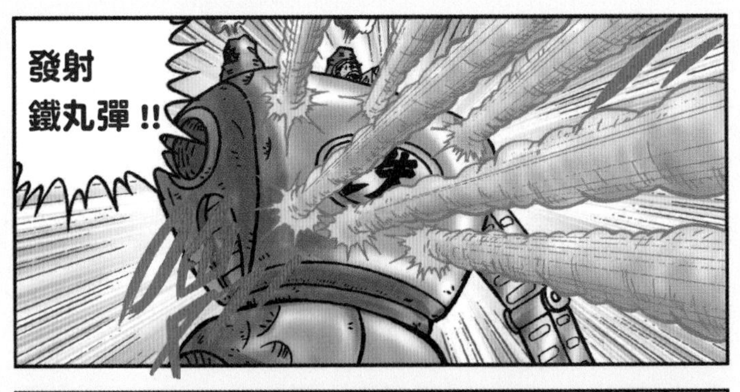
發射
鐵丸彈!!

!
!

鉄
嘿嘿……鐵丸彈可是由四千片芯片、八個裝置系統、十六個啟動引信組成的，高科技產品。

老頭，你就是忘記放火藥啦！
!!
老年健忘症！
鉄
嘿!
容易。
容易。

哇呀
好爽呀！
四十年的怒氣傾洩而出，感覺整個人回復了年輕風采……

我想你是四十年沒有刷牙。
口臭把大家都熏死了！

不好！
被包圍了！

犯不著喊這麼大聲吧！

聲音太大，周圍的惡兔都給震暈了！
哈哈！
誰叫你兔耳朵這麼長！

烏龍院
活寶

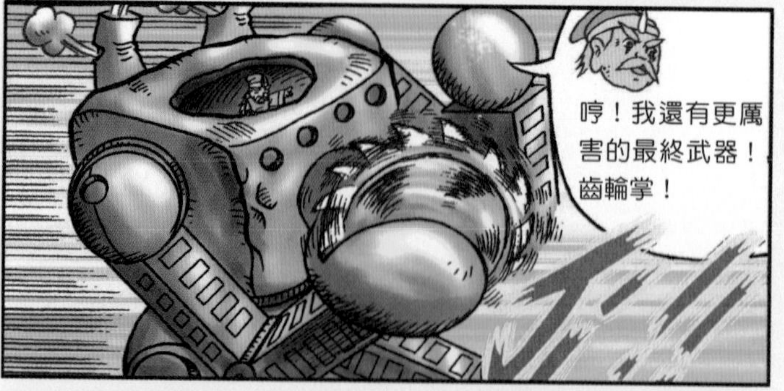
哼！我還有更厲
害的最終武器！
齒輪掌！

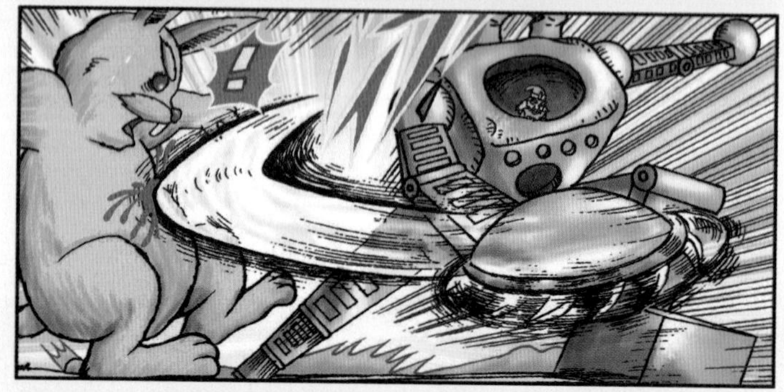
!

很痛呀—
哈哈！
怕了吧！

用力過猛！
鋸進自己的腰！
哇！

迴旋飛輪 !!

竟然避開了！！

不好！他用耳朵接住
飛輪了！

飛……
飛走了 ?!
咻

烏龍院
活寶

可惡！
鐵金剛
不行了！
嘿！

我們必須自爆！
不能落入敵人
手裡。
什麼！
自爆?!
開玩笑！
我們還
在這呢！

再見了！
鐵金剛！
引
爆!!
Bi

BOO
炸藥怎
麼會裝在
那裡?!
你不是
要自爆？

危險呀！
堡主！
呀呀呀
呀呀呀！
堡主！別一個人
衝向二齒魔呀！

呀呀呀呀呀

堡主躲開了
所有攻擊?!
堡主神勇！為咱
們兄弟樹立榜樣！

哈！終於
撿回化妝
盒了！
喂！
太亂來了吧?!
啪！

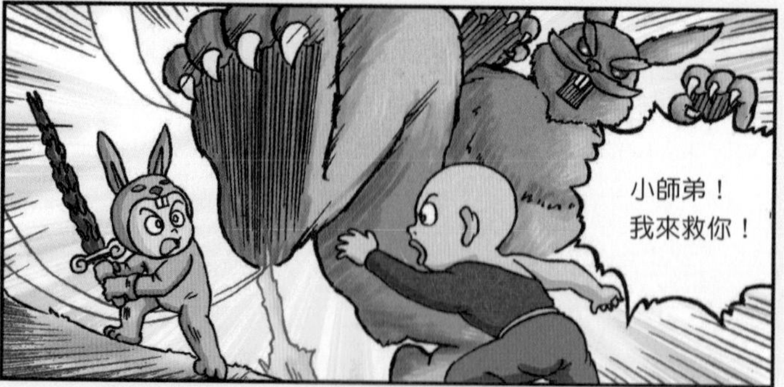
小師弟！
我來救你！

師弟放心！
有師兄在，是不會
讓你有事的！

太—長—了！
!!

要一劍插入牠
的心臟才行！

用力！
用力啦！

打中啦!!

站反位置，
把驢射出去啦！

我終於把
二齒魔
殺了！

他是殺了
我們老大
的人！！

抓住他！
慘！
要被抓去
獻祭了！

這是前任老
大積欠的薪
水，請新老
大支付！
兔子幫規！
殺死老大的
就是老大！
嗯！
嗯！

把劍插進
二齒魔，可以
夾斷牠心脈！
知道！

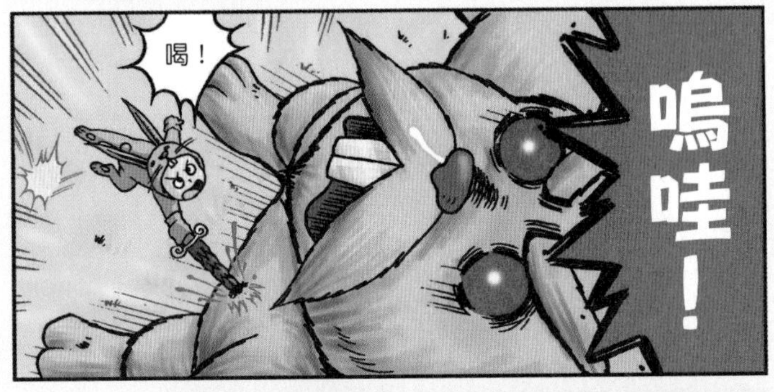
喝！
嗚哇！

夾到
心脈了！

哇——
好舒服呀！
扭
扭
謝謝你幫我
清掉肚裡的
蛔蟲！
夾錯啦！

烏龍院
活寶

吼呀!!

酷……
被打回原形了。

嗚呀——嗚嗚嗚嗚嗚嗚嗚……
嗚。
怎麼了？
為何殺死二齒魔大家反而傷心呢？
嗚。

都怪你們！！變得這麼小，計畫多年的全兔饗宴泡湯了！
喂——！該不該揍揍他們？

大師兄！
聽說鐵柱為了此次戰役，受了很重的傷。

我們快去看他吧！
這很可能就是最後一面了！

咦？
也沒多嚴重，還悠閒的睡覺呀……

頭被打成反向了。
呼！
超級嚴重的啦!!
呼！

烏龍院
活寶

哎呀——
鐵柱隊長受傷非常非常的嚴重！
痛！

哇——
先打消炎針，
你想打在哪隻手上？

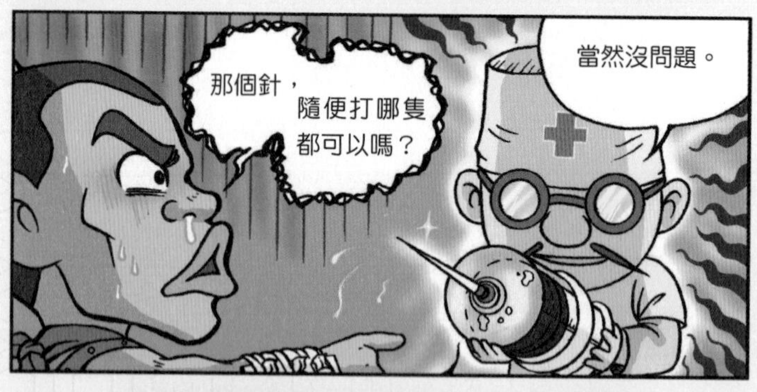
當然沒問題。
那個針，隨便打哪隻都可以嗎？

哇呀——
那打在你手上吧!!

第14話
豪邁慶功宴

烏龍院
活寶

我鐵柱浴血奮戰，
從來沒有叫過一
個「痛」字！
DON
DON

要難倒我這般豪男
的事，天底下是找不
到的 !!!

既然你
這麼說……
我就勉為其難向你
挑戰了哦！
PAK

耶！
嗚！
你應該改名叫
「大賊兄」。

慶賀護堡成功，
我敬烏龍兄弟！
釘

哇！一口吞，
好酒量！
我怎麼可以在現場
輸給女生!!

堡主敬我一碗！
我敬堡主一罐！！

擺在這兒的尿桶呢？
水肥车
肥车
WAAA

烏龍院
活寶

為勝利乾杯！

咕 咕
哇！好強！
我不能輸給堡主！
噗

既然這樣，我就
回敬堡主一埕酒！

小女子剛才以茶代酒！
包涵包涵！！
烈！！！

這些傷痕是男子漢的
勳章！是光榮的見證！！
勇

PA PA PA PA
PA PA
PA PA PA PA
PA PA
我們為鐵堡第一勇男
致以最熱烈的掌聲！

各位勇士們要以鐵柱為
榜樣，向他學習！

蠢死啦！蠢死啦！
蠢死啦！蠢死啦！
這樣可以嗎？
堡主大人。

烏龍院
活寶

這些是鐵堡頒給
你們的報酬！

咱兄弟帶鐵金剛
去增援！
沒功勞也有
苦勞吧！
對
呀！

鐵堡頒給你們的
是那個箱子！
發財了！
YEAH ！

報廢的鐵金剛嗎？
噹
啷

這箱金子是做為付給
你們的酬金！

終於有錢買針線補
我的破鞋子……

還大師兄呢！
真沒大志！
就是嘛！

這麼有錢還用自
己補嗎？當然是
去鞋攤補啦！
是他聰明
還是我笨？

烏龍院
活寶

現在對護堡功
臣頒發獎勵！
是金幣耶！

最近堡內財務吃緊，
怎麼能送金幣？
多謝！
88 ！

你說什麼呀？
那只是金幣巧
克力而已啦！
喔！
堡主
英明！

買樓還是找碴？
哇！大姊
夠賊！
樓王
500万
200万
250万
敖氏地產

為鐵堡拚命工作，十
幾年沒漲薪水，好處
卻給了外人……
赏金
¥2000元

隊長！你的
漲了四倍！！
真的?!

感動啊！
堡主體恤兄弟！！
KATAN
KATAN
KATAN

薪水袋子漲了四倍！
堡主也真夠
意思！
¥2000元

烏龍院
活寶

這個是血劍從
二齒魔身上夾出的。
這是？

難怪二齒魔能
長生不老！
一定就是
這個鬼東西
在作祟！

堡主打算如何處置
此妖物……

當然是磨成粉
敷臉啦！
已經磨掉啦！

這是從二齒魔
身上取出來的。
哇！
好詭異！

那是我的左腿!!!

少騙人！
那是不可能的!!

二齒魔的腎結石怎麼
看也不像左腿吧！
哇咧……
小妹！妳的
大腦也是石頭
形成的嗎？

烏龍院
活寶

這個就是血劍從
二齒魔身上取出
的東西！
呀！

二齒魔活了這麼久，
肯定與此有關係！

寶物拿去變賣，
可以增加鐵堡
財政收入呀！
好主意！

買一送一，
進口活寶。
盜版趕上
正版了！
進口活宝

今天舉行鐵堡勇士慶功宴！
二齒魔已消滅！

鐵堡慶功宴，大家似乎有點過於放鬆了！
！

故人已滅……輕鬆一點情有可原……嗝——！！

可是衣服褲子都放鬆了，也太那個了吧！

烏龍院
活寶

應如何處理
這件東西呢？

應該交還給我！

因為那是
我的左腿！！

我們是同類嘛！
老樹精
出現啦！！

鐵盲公你曾「死」過一次，
知道是誰救活你的嗎？

摸摸她的手，
有沒有特殊
的感覺？

這……
這種感覺！

小女孩軟軟的手！
感覺真好！
老變態！

烏龍院
活寶

其實我是寄生在
這小女孩身上的
百年人蔘——活寶。

活寶！

哦……
當然了！
不要再叫我
妖物了吧！
是我救活
你的哦！

應該稱之為怪物。

救了你和治好你
眼睛的人是她！！

原來是妳呀！
大恩大德的
小菩薩！

鐵盲公是個好人。
好人有好報嘛！
是嘛！

那太好了！
屁股上的老痔
瘡沒治好……
拜託您……
老不修！

烏龍院
活寶

這個東西怎麼會
出現在二齒魔
身上呢？
的確疑點
重重。

救活二齒魔
就知道真相！

兔子方言，
活過來也
聽不懂……

乾杯！！

我們來
猜拳吧！
好！

輸一次脫一件
衣服！！
好！
好！
好！

人家就只穿三件，
寡不敵眾，不公平呀！

烏龍院
活寶

咱們來
比一比酒量！
誰怕誰，
來吧！

哇！
噢！
耶!!
不分上下！
哇！

嘿！
耶！
哇！
還是不分
上下！！
哇!!

酒資一共
五千元。
錢包容量也不
分上下……
櫃台
叮！
叮！

一口氣
喝五杯！
大師兄
加油！
一口氣
喝十杯！

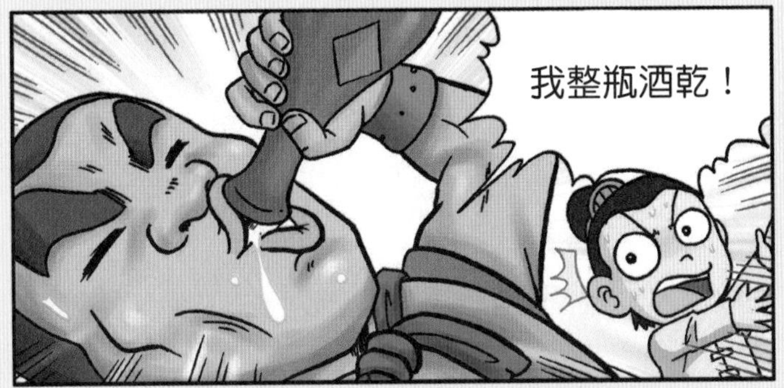
我整瓶酒乾！

小光頭癟了吧？
認輸吧！

大師兄是連瓶帶酒
喝的！你行嗎？
嗝
嗝
嗝

烏龍院
活寶

我們喝慶祝勝利的
美酒……不要忘記了
戰鬥付出的代價……

我要把所有獎金
都捐出來 !!

嗝
嗝
嗝
太好了！要給傷
者家屬的吧！
帥呀！

我要出錢修葺戰鬥
破壞了的草皮！
種植各種各樣的
花朵、樹木！
把這裡建成公園！

咦？只穿內褲？
我怎麼會在這裡？
昨晚你大醉，被
堡主扶進來的！

慘了！我的內褲
全讓堡主看到了！
噗

當然不是這樣啦！
還好！

因為當時你
什麼都沒穿！

# 第15話

# 狂抖的長眉

烏龍院
活寶

咦？
為什麼我赤裸裸的？這是誰的床？

完蛋了！這是鐵蓮堡主的閨房！
這…

冷靜！
一定有什麼方法蒙混過去的！
有了！衣櫃！

嘿！
你去找別的地方躲吧？
滿人

這件事你要
負責任呀！！
我…

堡主！
我控制不了呀！
你別怪罪我！
嗚——
嗚——
!!

師兄！想不到
你是個負心漢！

我恨你！
睡覺時不小心壓壞
了她的洋娃娃啦！
表錯情

烏龍院
活寶

師弟，我們的獎賞金去哪了？
賞金……
賞金……

昨晚你醉的時候，我花光了。
什麼?!

把我的賞金都還給我 !!
哇！！
我我我用那些錢救了一條人命！
嗯？
那還好點。

你喝醉時命令我把金子全扔掉，不然殺了我！
咦！
我……
我……
我是救了自己啦！

大英雄！
我做了一個
公仔來謝謝你！
真的！

呀——
謝謝妳。
顏色真漂亮呀！
我喜歡死了！

哇哈！
你看我多
有人緣呀！
我決定要把他
當作護身符，
日夜不分離！

女兒，剛才扔
到垃圾桶的
破公仔呢？
什麼？
是個破娃娃？
WC
扭

烏龍院
活寶

啊！
右眉狂抖。
右眉是
跳財呀！

哇——撿到
一個金幣！
呵
呵
$10000.

呀?!
左眉狂跳！
左眉跳
災呀！

哎呀——
哇——
好慘呀！

你看，
你看。
又在抖了。
眉毛會抖很自然，你疑心太重了。

天吶！
你們的出現帶來厄運呀！
？
？

別哭！
別哭！
嗚！
嗚！
有那麼嚴重嗎？
嗚！

為什麼我的羊全變成了豬？
咩
咩
咩

烏龍院
活寶

豬頭！
你在眾羊面前罵我是「豬」?!
太不給我面子了。
咩

你是不是太久沒有活動筋骨啦?!
來吧！

兩位大師別動氣！

艾寡婦，也要我幫妳按摩嗎？
我先啦！妳排隊。

徒弟出去半個月了，不知現在如何。

我無時無刻都想念他們倆……
哈！
哈！
嘿！

想不到你是這麼感性的人。

因為很久沒修理人了。
手很癢！

烏龍院
活寶

在苦菊待半個月，一指功竟大有所進！

天天叫艾寡婦搬木頭給你劈的原因？!

嗨！

呀！原來有名師指導！她的一指功更厲害！
這半個月你們白吃白喝的！
快劈！要不然就戳你癢！
嘿！
別！
別！

兩位大師，
我在門口
撿到三隻
可愛的小狗。

終於有火鍋
可以吃啦！！

這麼可愛的小狗，
怎能用來煮火鍋！！
你們還算人嗎？
呀！
對…

用來做
油炸春捲
還差不多！
喔！
妳更狠！

烏龍院
活寶

兩位師父，
我在門口
撿到三隻
小狗！
！

那是！
傳信使者
又出現了！

哈哈！
真會說笑，
狗怎麼會
傳信呢？
汪！
汪！
汪！

我們是來傳達妳
三個月沒繳費了！
水費！
網路費
妳現在信
了吧！

呀，左眉狂抖！肯定有大災難要降臨啦！
抖抖抖

哈……這麼可愛的小狗！
怎可能帶來災難呢！
舔
汪！
不安。
不祥。

哇！小狗尿到我身上啦！倒楣！
哦!!

這是啥？

烏龍院
活寶

我們那
十五個
元寶呢？
不見了？
花光了！

這麼快 ?!
怎麼
花光的 ?!
換一個高級
馬桶花掉一
個元寶。

居然用這麼
貴的馬桶！
被偷了怎
辦 ?!

所以我用剩下
的元寶，買下了
高級智能鎖頭。

不好！清林酒泉來催付東西了！
那我就把賞金還給人家啦！

但……
把所有賞金拿去下賭注了……
但是我……
賭

快去把錢都要回來啦！
痛！
賭什麼?!

我賭你減肥一定成功……
60公斤。
我92…
91…
我90…
60公斤
90公斤
91公斤

烏龍院
活寶

我們錢都
到哪裡去了？
給艾寡婦修理屋頂！
買材料、搭房子！

你對艾寡婦
那麼好？
居心不良呀你！
呀?!

我……
我只是想
和她……

把你的房間
漏水補好！
呀？

苦菊
呀！麻煩又來了！

好靈敏的貓耳朵。
牠一定是聽到我們把訂金花光了！

怪貓撲過來了！
喵！！

我耳朵重聽，你剛才說啥了？

是傳信使者！

暗器！

咦 ?! 盒子裡面有字條，看寫了什麼了 ?!

百万元檀香一盒
送上古董稀世

吐
暗器！

我接！

吐
接！
接！
吐
吐

哇——早上吃了爛老鼠很噁心。
現在吐出來了，真舒服。

烏龍院
活寶

吐！
暗器!!

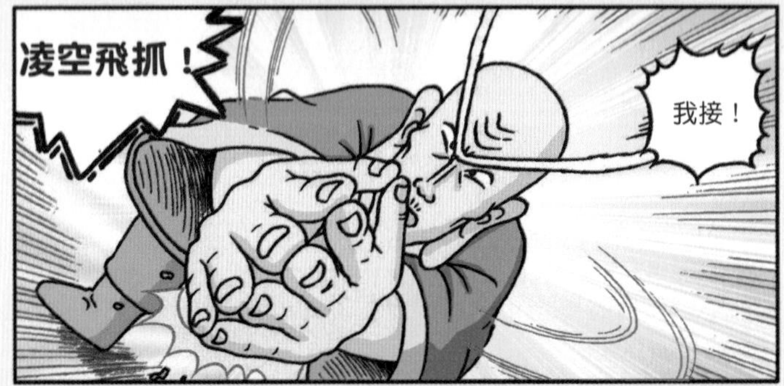
凌空飛抓！
我接！

這種軟綿綿的暗器，
有什麼殺傷力呀?!

那只是口香糖攻擊。
喵
噁心！

暗器!!
吐!

咦！彷彿是張字條！
PA!

什麼?!

毛筆字被貓的口水弄糊掉了。
石化

烏龍院
活寶

葫蘆酒家要
暫時停業。
為什麼?!

在任務未
完成前，
不能引
人注目。

快去掛上停
業的牌子！
YES SIR！
是！

暫停營业
居然停業！
凶殺案嗎？
是老闆
上吊了吧！
更加引人
注意了……

停業後
還是天天
有人來！
去想辦法打
發他們！
是！

都打發
走了！
沒人敢
再來了。
哈，你們是
怎麼做到
的？

每次來消費
滿五百，
就送馬臉
香吻一個！
哈……這個挺
夠創意的。

只不過消費
滿一百送妳
的裸照。

烏龍院
活寶

聽說受重傷的
林公公只剩下
半個身體？

對，被馬臉
用藥水泡在
盒子裡。
嚇？
去看看。

哇！
真是太殘忍了！

居然泡在老闆娘
的名貴浴缸裡！
什麼！！
舒服！
馬臉
太狠啦！

第16話
初探五老林

煉丹師下達
了絕密指令
給你……

是有關於那套
戰鬥機甲……

他要我穿上戰鬥機
甲奪取活寶嗎？

因為訂作得太小，
所以要再削掉你
一層肉……
#☆…

哎，我們明晨就
得離開此地了。
噢！
不要哇！

為什麼……嗚嗚，
為什麼要走……
哇嗚……
你就安慰
一下她吧。

放心吧！
我們很快
會回來的。

太好了！我還擔心那
堆柴沒有人來砍呢！
自作多情

烏龍院
活寶

這位大哥，請問一下這裡為什麼叫神木村呀？
神木村

因為我們這裡的樹比較大！

哇！果然是超大的樹！！

不，那只是一顆草而已啦……
草?!

我快餓暈了！進村子找點吃的吧！
神木村

呀呼！
大饅頭！

死大頭不分點給我？
想獨吞？!

咦？有看到放在佛像前面的木雕饅頭嗎？
沒有！

烏龍院
活寶

神木村
終於來到神木村了！

到處都是木頭。
難怪叫神木村。

這家店賣的東西也全是木的。

兩位高僧，來買木雕嗎？
連人也是木的！！！
卡
卡
卡

喔！神木村的人都很會做木雕嘛！
這就是靠山吃山。

唷！靠你就只能喝西北風囉！

你真的不喝西北風？

喝啦！喝啦！什麼風我都喝啦！
西北風酒家

烏龍院
活寶

這裡的每一尊佛像，都神祕獨特，要買哪一個呢？

哦！這尊觀音刻得太差了！

腰太粗！
眼太小！
臉太腫！
還血盆大口！

哪來的大頭呆子！
那個是我老婆啦！

錢已經花光了……
只好去打工賺點錢了……

你們會雕刻嗎？
不會！

維修？
銷售？
掃地？
還是會畫畫？
都不會啦！
我只會鐵頭功！

你們倆就負責報時吧！

烏龍院
活寶

我們倆想打工
填填肚子。

你們倆真會找呀，
我們這福利好。
員工都包吃
包住包穿，
還包車呢！
超讚！

終於在我們的
晚年，迎來了
輝煌的人生！
我們的苦日子
熬到頭了。

可惜你們已經超過
年齡限制了……
合同
限三十岁
以下

你們是「老工」，
所以三塊錢一件。

你們……
怎麼都雕
老人了？

「老工」嘛！
當然雕老人囉！

好呀！古董
老人像就有
銷路了！
每尊至少能賣
三萬元。

烏龍院
活寶

我們是來
打工的。
一件
五塊錢。

才五塊？剝削勞工嗎？
再囉嗦
就三塊！

他不仁，
我們就不義。

自戀狂！
全都是烏龍院！

你們要做的是把
「孔子」刻出來，
可別搞砸了。

呼……終於
完成了……
嗯！
好一個孔子！

孔子身上沒有
「孔」啦！
超級
「孔子」。

烏龍院
活寶

這是上等檀木，客戶要求雕「孔子像」。

木雕太簡單！我閉著眼睛也可以雕。

我要的是孔子像！不是「孔子像」牌匾 !!!

你們要按照這個
雕得一模一樣。

帥呆了！！

兩個老年癡呆，
我是要你們把
木頭雕成人像！
不是將人像
雕成木頭!!

烏龍院
活寶

用烏龍院手刀
削樹皮，又快
又乾淨。

哇！
好厲害
呀！！！

太棒了！
本店正缺你這樣
的人才！

很久沒有吃過這
麼棒的刀削麵了！

這位就是四小
姐，神木村雕刻
第一把手！

切，一個黃毛丫
頭的技術，能強
到哪裡去？

正在裝酷，一動不
動，不理人呢！

因為這是我雕給傻
瓜看的一尊作品。

烏龍院
活寶

雕刻要講究韻味！要刻出靈魂。
囂張！跟我比試一下！

怎麼樣？這是長眉霹靂狂刀刻出來的恐龍！

咦？突然有股臭味……
她在刻啥呢？

這是我刻的恐龍大便。
韻味十足。

恐龍！
妳這是在刻誰呀？
這麼花俏的動作。

哦！快讓我們瞧瞧妳刻的恐龍。
終於刻好了！
呼！

服了你!
可能因為恐龍太忙了，沒來得及孵出來！

烏龍院
活寶

四小姐能感應
樹木的靈魂。
PUTOM
PUTOM
PUTOM

請這也感應一下，
我刻的恐龍！

它說什麼呢？
哎！
真噁心！

他說雕它的主人
對我色瞇瞇……
啊！太準了！

可悲呀…
可嘆呀…
竟然輸給一個黃毛丫頭！

唉
唉
唉
你要用你的長處跟她比嘛！

我就是在比誰眉毛長才輸給她的呀！

嘆
嘆
嘆
她要比 50 年後誰的眉毛最長
HO
HO
HO
一個老頭沒多少年能活了！

烏龍院
活寶

前面三百公尺有烤肉！！
嗅！
快死了！
餓呀……
餓呀……
餓癟了！

有個大鼻子
真好啊！

嗅！
怎麼了大頭？

有利
必有弊……
三里外……
有人在拉稀……
嘔……
嘩啦
嘩啦

看！那裡有賣
荷包蛋！
超新鮮
荷包蛋

我們也排隊吧！

這麼久還沒
到我們。
餓死人了…

種雞娘娘求你
賜蛋啦！
咯！
咯！
咯！
倒——

烏龍院
活寶

最愛吃荷包蛋了，我們快去買吧！
荷包蛋小店

老闆，煎十個荷包蛋！
對不起，這裡只賣香腸。

幹嘛叫荷包蛋店?!
玩弄我對荷包蛋的感情嗎?!

因為小女子的芳名就叫荷包蛋啦！
暫時還沒有感情經驗呢！

時報漫畫叢書FTL0873

烏龍院活寶Q版四格漫畫 第2卷

作　　者──敖幼祥
主　　編──陳信宏
責任編輯──尹蘊雯
責任企畫──曾俊凱
美術設計──亞樂設計

發 行 人──趙政岷
編輯顧問──李采洪
贊助單位──文化部

出 版 者──時報文化出版企業股份有限公司
10803臺北市和平西路3段240號3樓
發行專線─（02）2306-6842
讀者服務專線─0800-231-705・（02）2304-7103
讀者服務傳真─（02）2304-6858
郵撥─19344724 時報文化出版公司
信箱─臺北郵政79～99信箱
時報悅讀網──http://www.readingtimes.com.tw
電子郵件信箱──newlife@readingtimes.com.tw
時報出版愛讀者粉絲團──http://www.facebook.com/readingtimes.2
法律顧問──理律法律事務所　陳長文律師、李念祖律師
印　　刷──和楹印刷有限公司
初版一刷──2019年3月22日
定　　價──新臺幣280元

時報文化出版公司成立於1975年，1999年股票上櫃公開發行，
2008年脫離中時集團非屬旺中，以「尊重智慧與創意的文化事業」為信念。

烏龍院活寶Q版四格漫畫/敖幼祥作
ISBN 978-957-13-7680-6　(第1卷：平裝)　NT$：280
ISBN 978-957-13-7681-3　(第2卷：平裝)　NT$：280
ISBN 978-957-13-7682-0　(第3卷：平裝)　NT$：280
ISBN 978-957-13-7683-7　(第4卷：平裝)　NT$：280
ISBN 978-957-13-7684-4　(第5卷：平裝)　NT$：280
ISBN 978-957-13-7685-1　(第6卷：平裝)　NT$：280

烏龍院活寶Q版四格漫畫(第1-6卷套書)/敖幼祥作
ISBN 978-957-13-7686-8　(全套：平裝)　NT$：1680

橫跨千年的活寶謎團
正邪兩方的終極對峙!

劇情緊湊，高潮迭起，
是此生不可錯過的超級漫畫